中国诗人

范文武

一著一

LAO● HUAI●
劳 怀

ZUO● BAO●
作 抱

DE● HAI●
的 孩

MU● ZI●
母 子

QIN●
亲

北方联合出版传媒（集团）股份有限公司
春风文艺出版社
·沈 阳·

图书在版编目（CIP）数据

怀抱孩子劳作的母亲／范文武著. —沈阳：春风文艺出版社，2018.7（2021.1重印）
（中国诗人）
ISBN 978 - 7 - 5313 - 5397 - 3

Ⅰ.①怀… Ⅱ.①范… Ⅲ.①诗集—中国—当代 Ⅳ.①I227

中国版本图书馆CIP数据核字（2018）第123222号

北方联合出版传媒（集团）股份有限公司
春风文艺出版社出版发行
http://www.chunfengwenyi.com
沈阳市和平区十一纬路25号　邮编：110003
永清县晔盛亚胶印有限公司印刷

责任编辑：刘　维	责任校对：陈　杰
装帧设计：琥珀视觉	幅面尺寸：125mm × 195mm
印　　张：7	字　　数：130千字
版　　次：2018年7月第1版	印　　次：2021年1月第2次
书　　号：ISBN 978-7-5313-5397-3	
定　　价：45.00元	

总　序

中国是诗的国度。千百年来，人们沐浴在诗歌传统中，传诵着一代又一代诗人写就的经典之作。而伴随着现代社会和互联网的发展，信息的传播和接受更加便捷，诗歌的阅读与创作方式也在潜移默化中被改变，在信息量无限扩大的互联网世界，远离喧嚣、静赏诗意显得尤为珍贵。

中国诗歌网正是在这样的背景下应运而生。作为国家重点文化工程，中国诗歌网以建立"诗人家园，诗歌高地"为宗旨，迅速成为目前国内也是世界诗歌类互联网专业出版平台和中国诗坛最具权威性和影响力的文学阵地之一。

互联网时代诗歌创作的便捷激发了一大批诗歌爱好者与诗人的创作热情，他们在公交车上写诗，在工作间隙写诗，他们创作的诗歌作品贴近现实与生活，在追求好诗的道路上不断前进。春风文艺出版社有着久远的诗歌出版史,《朦胧诗选》和《汪国真诗词精选》曾一度畅销。近两年,春风文艺出版社一直致力于打造优质诗歌的品牌。本着推介中国当代诗人的原则,中国诗歌网与春风文艺出版社决定联合推荐出版"中国诗人"诗丛,共同打造"中国诗人"这一诗歌新品牌。该诗丛计划出版百部优秀诗集,在注重诗歌质量的同时,力求结合互联网与传统出版的优势,通过直观的文本呈现向读者介绍一批热爱诗歌、坚持诗歌创作的诗人,以期汇集中国当代诗歌优秀成果,展示当代诗人的创作实绩与创作风貌。

作为国家文化工程的中国诗歌网,推出"中国诗人"诗丛,也是在整个民族复兴的伟大进程中展示中国人崭新的精神风貌。因此,我们在百花齐放的诗坛,特别关注有家国情怀的厚重力作,提倡来自生活的独特发现,鼓励创新探索的艺术精品,推崇高雅纯真的诗情意趣。我们希望这套"中国诗人"丛书是体现诗坛正能量,能够引人向上、向善、向美的诗歌佳作。

我们满怀期待,我们也真诚希望广大诗人和诗歌爱好者关注这套诗丛,与诗同在,我们为此感到自豪和幸福。我们期待更多的诗人加入我们这套丛书,我们也期待这套丛书走进更多读者的心田!

叶延滨

2017 年中秋前夕于北京

序

　　二十世纪八十年代末期，文武先生是作者，我是杂志社的编辑。而今，当我们笑看彼此两鬓如霜的时候，我们已成了挚友和兄弟。

　　有很多年，由于文武先生商海弄潮的缘故，我们见面极少，我也不再收到他的文稿，就以为他从此弃笔从商。孰料，2011年仲夏，文武先生突然打来电话，说他出了一部书，想搞个首发式，这自然是找个借口，想让当年的文友们聚一聚，畅叙一下友情。书很厚重，书名是《守望竹楼》。看了书才知道，这些年文武先生都在忙于搜集、挖掘、保护和传承西双版纳民族文化，忙于促进民族文化与旅游的结合，忙着探索民族文化保护与开发利用的新途径，忙着带领他所创办的西双版纳傣族园里的广大傣族同胞走共同富裕的道路。其实，西双版纳傣族园才是他真正的作品，更是大作。这部作品既鲜活灵动，又古朴雅致，凝聚了他十年的苦与累、喜与悲、绝望与希望。因为感动，当时便把那句"含泪的播种，必有收获的欢呼"送给了文武先生。

近两年，文武先生又热衷于诗歌创作，似乎唯有诗歌这种形式更能契合他目前的工作与生活状态，更能畅快淋漓地抒发厚积于心的情感：我在诗里穿行/让我的生命翻阅出新篇章／使我的思想长出翅膀/自由地朝心的方向飞翔（《诗引领我朝心的方向飞翔》）。我想，这就是我们一时没弄懂、一时无法理解文武先生如何在不长的时间里喷涌而出那么多的诗的原因吧？

这部即将出版的《怀抱孩子劳作的母亲》，多为直抒胸臆之作，质朴真切，没有矫揉造作，没有无病呻吟，无不发乎于深情，发乎于厚爱。在雾霾时有的当下，《怀抱孩子劳作的母亲》无疑是一缕清新的风，一朵明净的花。古人云："文如其人。"今日再将此文赠予文武兄，权且当作读后感吧。

是为序。

罗云智

2017年7月17日子时于陋室

目　　录
CONTENTS

怀抱孩子劳作的母亲

目　　录
CONTENTS

那一方热土

目　录
CONTENTS

不在心里上锁

目 录
CONTENTS

目　录
CONTENTS

随你走过一秋

目 录
CONTENTS

目 录
CONTENTS

怀抱孩子劳作的母亲

怀抱孩子劳作的母亲

母亲

你背负着艰辛

行走在崎岖的山路

你怀抱着幸福

满脸洋溢着希望

晶莹的汗水

滴落在婴儿的头上

孩子

成长的过程浸透了

千难万苦的磨砺

锤炼成明天的坚强

怒江

吟唱着你哄儿入睡的歌谣

大峡谷

记录下你坚强不屈的身影

山坡上

层层叠叠的庄稼呼啦啦地拔节

母亲

你的背是大山的脊梁

你的爱是甜蜜的乳浆

你的怀抱是太阳升起的地方

恍惚间

那是我的母亲

我们的母亲

年轻时候的形象

爷爷的长烟袋

爷爷有一根长长的烟袋

小时候

常为爷爷点火

用火钳夹一块火红的梨炭

抖着爷爷的烟斗

看爷爷吧嗒吧嗒地抽烟

满嘴的烟雾

是爷爷高兴时画出的圈

也是爷爷不愿说出的心事

烟袋里藏着

爷爷的爷爷的故事

藏着纪晓岚的智慧

藏着颜如玉

藏着黄金屋

藏着春夏秋冬的季节

藏着祖宗的《岳阳楼记》

事隔几十年

我也学会了吸烟

仿佛闻到爷爷的味道

翻译爷爷的心事

探寻爷爷的秘密

那个呷着烟斗的老人

一直驻在我的生命里

奶奶去了天堂

题记：2009年3月7日早晨，九十三岁的奶奶在烧火做饭的时候，靠着灶台平静地走了。生前，奶奶曾与儿孙有过约定，儿孙要侍养奶奶到一百多岁……

奶奶

终于丢弃了拐杖

去了天堂

那双裹缠扭曲的三寸金莲

如同封建社会的枷锁

阻断了奶奶的去路

禁锢了奶奶的向往

九十三年的蹒跚跋涉

跨越不了门前那条大河

跨越不了屋后那道山梁

然而

奶奶却从未停止过行走

奶奶却从未停止过追求

那跪膝劳作的身影

幻化成飞翔的模样

那拄杖而立的瞬间

凝固成坚忍不屈的形象

奶奶

终于丢弃了拐杖

去了天堂

那份安详满足的从容神态

如同劳累以后的熟睡

任凭子孙们呼唤

你却睡得那么香甜

九十三年的磨砺苦难

修炼成言谈举止的家风

树立起举手投足的榜样

来世

奶奶再也没有丧父失母的孤苦

奶奶再也不会受脚残的伤痛

她的微笑与慈祥

萦绕在子孙快乐的人生中

她的勤劳善良

孕育了子孙奋斗的精神力量

在母亲心上

母亲已老得斜靠在我的心上
心跳都会惊醒母亲的梦
母亲头上的那朵白云
总会飘移成遮阳的投影

每一次远行的脚步
都走不出母亲的眼睛
那双混浊的眼睛
仿佛是我的摇篮
我总在里面摇哇摇

日渐枯瘦的手
如港湾停靠的锚
揽住我的漂泊归途
锁着孩子的安宁幸福

母亲
咬紧摇晃颤悠的嘴唇

如同咬住距离和时光

哼出的童谣

如小溪在我的心房流淌

离别

儿女咬紧颤抖的嘴唇

如同咬住我的童年

咬住母亲乳头

在母亲心上

儿女是永远长不大的孩子

在儿女心里

母亲永远是幸福的港湾

母亲，我怎么对您说

题记：有的事已经不能向母亲倾诉，只有默默地忍受。

母亲，我怎么对您说
您的心里已装满了
八十多年的风风雨雨
八十多年的酸甜苦辣

有的苦已多次从您的泪水中溢出
浸泡了苦难的童年贫困的家
有的累已纵横交错地雕刻在您的脸上
流干血成了永不愈合的伤口
有的痛一直扎在您的心上
长成无奈的肿瘤留在您的胸腔

母亲哪，我怎么对您说
您牵挂儿女们的家长里短
我担心
哪一件事，哪一句话

会成为压垮您生命的稻草

会成为刺破您黄昏的针芒

因为您已是稻田里

孕育了生命后的空谷粒

害怕微风瞬间把您带走

因为您已是颤颤巍巍

站在黑夜临近的幕前

害怕眨眼就看不见的背影

我只能继续忍受

您吞咽未完的苦

转身向您微笑

如同燃起的一点荧光

让您感觉希望还在

老人与儿女

垂暮的老人坐在轮椅上

轮椅从心上碾过

弯曲的轴

如扭断的骨

黯然的眼神

像即将油枯的灯

闪烁的火焰

呼唤出求救信号

推轮椅的人

像推着时光

拉长着夕阳下的身影和变形的脸

老人慢慢地回头

孩子休息一会儿

慈爱盈盈

仿佛小时候

手被握住的温暖

往事依稀

母亲的瘦弱的怀抱

支撑起童年的天空

父亲弯曲的脊背

托起儿时的梦想

无论有多少艰难

父母总给儿女微笑的脸

时光把爱拉远

从孕育到闭上双眼

父母总把儿女放心上

儿女却是偶尔想娘

儿女的回报

那么有限

只是在父母不能站起时

临近黄昏

陪伴看看夕阳

儿女的爱呀

扁担一样有限

父母的爱呀

像路一样长

老 二 叔

孩子一个个离开了家
老二叔闷了
手里紧攥着酒瓶
剩下的半瓶也倒在嘴里
醉醺醺地走了

屋前山后
栽满了各种果树
杨梅树核桃树板栗桃树梨树
正七高八矮地努力生长
想回报老二叔的辛苦

三间用石头垒砌的大瓦房
老二叔分好男孩一人一间
也留不住孩子外出的脚步
人去屋空
蜘蛛高兴了
编织成一圈圈圆圆的幸福

父母含辛茹苦编织的梦

孩子们却那么不屑一顾

空荡荡的房子

交给蜘蛛来看护

我们的脚下延续着

老二叔走过的路

蜘蛛很忙

在很多地方编织着网

万千父母

用毕生塑造的尊严

在瞬间塌陷

儿女的梦想

却更遥远

哥哥等等我

题记：八十六岁的哥哥病危，八十四岁的兄弟前来看望。

一声哥哥

带着长长的尾音

延续逝去的时光

古藤般的双手紧缠

抗拒岁月的阻隔

咬住的双唇

在阴阳两界的钢索上发抖

混浊的眼神

在无声中说着话

大哥瞬间的微笑

安慰道

弟弟别哭

我先去找找父母

哥哥如漂泊的小船
在兄弟泪水的海上走远

哥哥等等我
八十多年来
你从没有丢下过我

感 恩 石

母校

我回来了

阔别三十年

我想要你的拥抱

我想在你的教室上课

我想在你的球场奔跑

我想在你的食堂排队

我想在你的课间嬉闹

我想听到你的哨音

我想听到你的铃响

我想做一套广播体操

让我们的青春和记忆

一起封存保鲜

在八十年代的时光里

老师

我回来了

阔别三十年

我想要你的拥抱

我想看郭焕熹校长开校会的严厉

我想看李绍唐班主任发火的样子

我想听梁明老师标准的上海普通话

我想听邱兰英老师的英语发音

我想感受谭爱海老师的博学多才

我想看到贺燕老师的青春美丽

喜欢作文语汇下优美的波浪曲线

喜欢课堂上妙趣横生的故事情节

喜欢考卷上熟悉题目的浅浅暗喜

喜欢举手被老师提问的神气

同学

我回来了

阔别三十年

我们用拥抱代替问好

我们用热泪代替微笑

想见到女生扎着的羊角辫

想见到男生的花衬衫、喇叭裤

想见到羞涩的微笑、嗔怨的面容

想见到球场上男生矫健的身影

想听到校园内女生悦耳的歌声

想见到曾经懵懂暗恋的脸

想见到三十年愈久弥香的思念

聚会

敬献母校一块磐石

上书感恩母校

赠言梦想从这里启航

把感恩与爱化作磐石

把梦想与希望化为重托

安放在母校

安放在心间

恩重如山

感恩有时

致 老 师

老师
我是你心尖上发出的芽
我是你树枝上开出的花
你把文字
刻录在我的脑海
你把品质
融化到我的血液

岁月擦去了
粉笔书写的符号
擦亮了
老师智慧的光芒
时间合上了
你翻阅过的书本
堆积成
拾级而上的阶梯

老师

引领我们前行的方向
让人生之路永不迷茫

而今
我又把你教我的文字
烙印成路上的脚印
让后来者不会迷失

三月，从一朵花中醒来

岁月揉碎美丽

记忆如线

拴着一串串往事

挂在心尖

风一吹

摇摇晃晃扯得心痛

2009年3月7日

那个被称为杜鹃花的美女

那个我爷爷骑着大马抢回来的女人

溘然长逝

一朵开放了近一个世纪的杜鹃花

凋谢了

2016年3月19日

一个喜欢种姊妹花的母亲

一个养育了七个儿女的妈妈

毅然转身离去

选择埋在春天里

那个本该明媚的春天
黯然失色
那个本该五彩缤纷的季节
变成了一片孝白
那阵本该温暖和煦的春风
呜咽悲切
那个五代同堂的高祖母远去
带走了我们的春天
那个孕育美丽的母亲远去
带走了姊妹花的思念

直到有一天
母亲托梦来说
她在天国找到了父亲
又与奶奶在一起
栽水仙花养姊妹花看杜鹃花

鲜花
那是先辈们带给儿孙的祝福

三月

从一朵花中醒来

思念

在清明的祭奠中寄托

收获

在鲜花凋谢的瞬间诞生

幸福

在鲜花盛开的春天延续

为幸福让路

题记：西双版纳的景宽公路改修，岳父的坟需要搬迁。

新修的公路

要经过父亲的家

敲不开时间的门锁

唤不醒劳累的沉睡

不忍惊扰百年安静

点起祷告的香火

含泪扶起父亲的身影

虔诚端起父亲的灵魂

移动已经长在土地上的骨骼

烈火焚烧着赤诚

烈焰燃烧着希望

拾掇起父亲的骨灰

捡不回父亲满山遍野的脚印

收不拢父亲瞭望远方的目光

捧不起父亲沐浴过的澜沧江

父亲为幸福让路

把他的梦想延伸到远方

落叶写满娘的心事

固执的母亲
像村头那棵古树
遥望走远的脚步
站成枯枝

树叶是母亲的日历
片片地挂着
风儿数着树叶
像母亲叨念的话语

需要春风搀扶的日子
却依然倔强地挺立
守望孩子的归途
直到把根腐朽融入泥

母亲的爱
如村头的古树
一半在土里挣扎

一半在阳光下伸展

我在晨曦中走远
母亲在黄昏思念
翻飞的落叶
是母亲和我的书笺
写满娘的心事

致 母 校

回母校云师大
总要到西南联大旧址
去怀念
去寻觅
去吸收

从"一二·一"的暴行
到李公朴的遇害
从闻一多的拍案而起
到全民的觉醒
总是用血色点燃红的火焰
总是山崩地裂的巨变
托起梦想的霞光

那是追求自由的灯塔
那是力争民主的呐喊
那是探寻光明的牺牲
那是扛起正义的脊梁

那是埋藏在地下的种子
长成我们今天的幸福
那是共和国大厦的基石
支撑起民族的富强

这里可以见到智慧的光芒
闪烁在历史的长河
可以感受巨星冉冉升起的辉煌
可以看到大师焚膏继晷的奉献
可以欣赏战乱间弦歌不辍的境界
可以感悟智者发扬国粹的深邃
可以触摸栋梁多难殷忧的担当

这是一座民族精神的雕塑
这是一座民族自信的殿堂
这是民族振兴腾飞的摇篮
这是中华儿女的力量源泉

我从这里走出，怀揣西南联大的情怀
拥有激荡山河的气概
追求做一个母校合格的学生

酣睡在母亲的心上

看见街上卖月饼
仿佛听到了乡音
母亲喃喃的私语
撑破了屋顶
父亲长长的胡须
长满了牵挂

月亮还没有长胖长圆
心里生出了满满的思念
两行滚烫的热泪连接成线
一行是父亲拉着
一行是母亲拉着
我成了飘逸的风筝
父亲想放我飞翔
母亲又怕我飞远

月亮明白母亲的心愿
约我中秋随月光回家

思念被秋风塞满

脚步被落叶追赶

团圆的梦被月儿搂着

母亲的爱延伸成脚下的路

我如婴儿

酣睡在母亲的心上

清 明 祭（组诗）

题记：二十世纪五十年代，他随部队南下，来到西双版纳，承担了屯垦戍边、建立中国橡胶基地的使命，直至永远……

橡 胶 树

他站着倒下了
他笑着走远了
儿女不在身边
橡胶树在他身边
澜沧江在他身边

他守得住一座山
却守不住儿女的脚步
他守得住一条江
却守不住儿女的向往

微风翻动了树叶像在说再见

旋转的波浪像是在呜咽

骨灰埋在了橡胶树下

橡胶树又抽出了新芽

或许那是他新生命的萌发

轮回的生命

如落下的太阳

只是转身去了另外一个地方

或化身成一棵树

一棵棵橡胶树

在江边想起了屈原

江水从窗前流过

朦胧中

仿佛看到

江边站着一个人

一站千年

站得太久

脚下的礁石都生了根

孤独的内心

被苍天看到

用夜幕遮住

他却在黑暗中翻寻

晨曦的微光

江水愕然

停滞在他的脚下

一点一点

把礁石和他慢慢溶化

他成了石

屹立在江岸

他成了水

流淌过千年岁月

时光永远隔着

而我却依然看见

那边，他的亲人也在呼唤

老人

一个曾顶天立地的汉子

被岁月折磨得奄奄一息

站起无力

却仍目光如炬

骨瘦如柴

却仍呐喊有力

老人

一个曾倔强不屈的汉子

被时光的古井淹没至唇

大口吸气

想用眼神呼救

嘴角微嚅

诉说心没有死

老人

一个脾气曾可以点燃烈火的人

光阴吞噬着他的筋骨

伸出的手脚

不再是支撑天地的形状

已平行于天地

看他渐渐隐没

握紧的手在滑落

如同时间

大口地吞咽生命

我们

却只能目瞪口呆

看他朝祖先的方向奔去

那边

或许也有他的至亲

在不停呼唤

月 之 歌

题记：小时候，父亲在城里工作，母亲带着我们兄妹六人在农村生活，食不果腹，衣不蔽体，母亲没日没夜地忙碌……

六七十年代的农村
家里贫困得白天只有太阳
夜里穷得能看见满天星光
母亲一人
用脊背托起饥饿
怀里抱着孩子

太阳可以停下来
月亮可以停下来
母亲是旋转的陀螺停不下来

鸡鸣催促她起床上山劳作
没日没夜地刨着一粒粒希望
收获着一根根救命的稻草

日落又呼唤她回家做饭

回来总要背上柴火

抱着一大捆猪草

夜晚又剁猪草煮猪食

缝补孩子们撕破了的寒衣

瘦小的身躯推着沉重的石磨

千转万转转不了儿女温饱

千舂万舂舂不出贫穷的无奈

千洗万洗洗不去人生的尘埃

躺在床上休息

是母亲慈祥幸福的守望

随时为弟妹把屎把尿

小弟惊恐的哭闹

总让母亲忐忑不安

迷糊中还将干瘪的奶头

含在孩子的嘴里

手弯曲成孩子的依靠

怀抱是孩子温暖的天堂

月亮会停下来

夜晚的狗吠声会停下来

母亲停不下来

正如民谣中说的

太阳歇得吗，歇得

月亮歇得吗，歇得

母亲歇得吗，歇不得

母亲歇下来嘛

火塘的火就熄了

火塘的火熄了嘛

老人就要挨冷了

母亲歇下来嘛

孩子就要挨饿了

家里就不得安生了

月亮不忍心看

隐进云里去了

月亮挂念母亲

时不时又会回来看看

面对母亲的辛劳

无法用诗的语言

只能用心的快门

如实地照下来

一对老夫妻

一对老夫妻

步履蹒跚地走上117路公交车

背上沉重的包袱

如山一样压在弯成弓的脊背上

手里提着的大黑塑料袋

似乎要将超重的秤杆拉断

男人挤上车来

又将手伸给老伴

弯曲的双手扣成的结

紧得像太阳的核

炽热地燃烧着

将温暖传递开来

放下手中的重负

男人又蹒跚着走向投币箱

掏出褶皱的纸币

小心翼翼地展开投入

面对让座的人

一脸皱纹的笑里

绽放出菊花般的灿烂

车到站了

老人缓慢地让开过道

想让其他人先走

乘客也不像往常那样

挤拥着奔向车门

而是缓缓地站起

注视着这对老夫妻

忽然有人上前提起老人的包袱

有人伸手搀扶着老人

有人挽起老人的手臂

轻轻地慢慢地

把老人送下车

车厢里荡漾起家的温馨

老人佝偻着腰尽力抬起头

想看清一张张脸

那是燃烧在人生冬季的火花

温暖地绽放在老人生命的长空里

儿女是父母滚落尘世的眼泪

我们是父母滚落在尘世的

一滴滴眼泪

飞翔的雄鹰

掠过的轨迹天空看得见

辛劳的蚂蚁

承载的重负大地看得见

我柔弱的母亲

只能给我生命

和那一同喜悲的眼泪

我贫困的父亲

只能给我血性

和那无所畏惧的眼神

日月在更替

岁月在轮回

生命在折叠、重生

我们是父母滚落在尘世的

一滴滴眼泪

风儿传来你咂烟的味道

那时我不懂事
把你苦口婆心的讲述
当作啰唆

后来碰头了
想在更深的细节处
寻找技巧
才知道
那位拿着钥匙的老人
已经关上门休息了

我在你黎明必经的路上看你
我在黄昏临近的村口等你
我在你常坐的那块石头上守候你
我煮好一锅酸菜汤给你

好想把你的离去
想象成你出了趟远门

虽然久远

还会回来

正如我小时候

在村口张望、等候

天黑了

我哭

你却将我揽入怀中笑了

乖孙子

天黑有什么可怕

生活慢慢地读出你的睿智

风儿传来你吧嗒吧嗒咂烟的声音

致 女 神

你是一株兰花
生长在高高的悬崖
超凡脱俗
淡雅清香
我始终顶礼膜拜
你陶醉了我的世界

你是一朵玫瑰
盛开在生命的路途
艳丽娇美
高贵纯洁
让我的爱情王国
永远沐浴在春天

你在我最贫穷的时候
选择了我的追求
于是
我的追求只属于你

你在我最弱小的时候

给了我希望的太阳

于是

我朝着你的方向生长

你在我最需要的时候

奉献了人生的温暖

于是

你成了我心灵的渴望

那一方热土

寻　根

爷爷没有读过书
却能把《岳阳楼记》记住
父亲也曾叮嘱
要儿孙去寻祖觅宗

千年寻源
万里寻根
不是因您居庙堂之高
而是因您先忧而后乐
不是因您处江湖之远
而是因您心存百姓
不以物喜的遗训
不以己悲的家风
耸立在精神的高地
让子孙仰慕
流动在历史长河
让仁者追随

千年寻源

万里寻根

我来到洛阳伊川范园

看到您静躺在松柏间

看到您被安放在牡丹园

遥想当年

王安石愿与您同谋新政

欧阳修愿为您撰写碑文

您的胸襟如海纳百川

您的光彩与日月同辉

五千年的灿烂星河中

您依然穿透时空

生长在天地间

生长美的地方

西双版纳傣族园
一个生长美的地方

走过千山万水
一路的风景不如你

寻觅了千年万年
总把梦留在你和我的春天
你的美生长在我的生命里

夕阳下
我的心融化为你捧起的一掬江水
夜幕下
我隐身为一块礁石
守望你

老屋，世代迁徙的驿站

故乡的老屋
土墙上
刻下岁月的褶皱
月光留下斑驳的痕迹

风钻出很多洞
顺便掏空了老人

房梁挂不住落日
斜躺在地
土基房病得已站不稳
身躯已臃肿
残喘呼吸
身影在风中摇晃
似关似开的门
含着最后一口气

老屋的心思

被门前的路听见

路变成一根线

想拴住远走的心

老屋

是一个驿站

世代迁徙途经这里

家乡的柿子

深秋
将树叶染黄
家乡的柿子
又红了

枯黄的叶片后
隐藏着羞涩的成熟
在我的心中
灯笼般耀眼

伸长了胳膊
怎么够也够不着
竹竿扭断了挂果的枝
瞬间
那美丽的诱惑溅起红点

响声
惊动了树下的鸡

噗地飞起

又噗地蜂拥来争食

响声

打断了

祖父酣畅的袅袅烟雾

小心，乖孙子

那是守树的果

惋惜与忧虑的眼神

把我从树上

牵引下来

故乡的柿子

甜透了我童年的季节

溅起的红点

是童年心中伤痛的血

美丽的流失成就了美丽的价值

那棵柿子树

家乡那棵柿子树
结满了童年最美的故事
成长成一路最美的风景
是最甜蜜的记忆

树上的小鸟
是孩提时代的向往
长上翅膀
飞得很快很高很远
飞到河对岸的姑姑家
把她爱吃的柿子送给她
把我最爱吃的花生带回家
想飞向山外去看看

树下的爷爷
是果树的兄弟
曾祖生下爷爷的那天
栽种了这棵树

爷爷一直与果树比谁长得快

果树是爷爷的幸福
红彤彤的柿子
掩藏了爷爷的愁苦
抚平了奶奶满脸的皱纹
填充了家里的盐巴罐
点亮了家里的煤油灯
缝合了爷爷的破棉袄
变成了我爱看的小人书

果树是全家的寄托
它挂满了喜悦
也挂着我的梦想
伸展的绿荫撑起了家的温馨

那棵柿子树
伴随我走过所有地方
甜蜜在我人生的风景里

家乡的石磨

家乡的石磨
用两块巨石雕凿而成
中间有一根坚硬的木头做轴
固定着上下磨盘

推呀推呀推
磨呀磨呀磨
推得月儿如镰刀
磨得星星如尘埃

吞咽艰难
流出豆浆白面
承载重力
推得腰酸背痛
推出一手老茧
推出一天又一天的太阳
推出一圈又一圈的皱纹

磨细苞谷黄豆

磨碎麦子大米

磨过春夏秋冬

磨老一代又一代，媳妇变老太

推出很多喜怒哀乐

磨出许多家长里短

奶奶在推磨时

常见大妈婶婶借帮忙推磨

说东骂西哭冤叫屈

奶奶总是说

这磨呀

得有磨心

再难的事都得吞下

怎么磨损都得忍受

要像这磨

上下合力

夫妻同心

家才严丝合缝，连风都刮不进来

版纳酒歌

版纳的节日用酒泡着
版纳的男人用酒养着
版纳的生活用酒酿着

逢年过节必须喝
无酒不成席
无醉不成宴
酒是版纳的歌
醉是版纳的舞

看看都充满了诱惑
闻闻都会酣醉几天
浓烈得像正午太阳一样炽热
想想都会口水直咽
念念都会浮想联翩
纯粹得像大山里流淌的清泉

千年的酿造秘方

地道的五谷杂粮

本真的心念蒸煮

自然流淌出甘醇

像傣家人的微笑

暖暖柔柔润人心腑

一坛坛自烤酒

一个村寨的乡邻

一个个亲友老庚

一张张圆圆的桌子

来者都是客，没有亲疏

团团围坐，没有主次

一个酒杯

是的，只是一个酒杯

一个个地传喝

一圈圈地轮转

喝得太阳醉了、睡了

喝得月亮醉了、睡了

酒不干人不散

不醉不归

男人没有人请喝酒不像男人了

男人不请人喝酒就不是男人了

男人不喝醉几次酒白做男人了

酒令一遍遍地喊起

多哥，水水，水水水，水

夜也醉了

竹楼摇摇晃晃

像是幸福的摇篮

荡漾在欢乐的海洋

那份自在惬意

那份真情纯朴

比天上太阳还热

比自烤的烧酒还烈

一旦喝过一世痴迷

一次醉过一生依恋

若没亲身醉过

又怎知飘逸如仙

若无这样纯朴

又怎会美酒当泉

版纳烧烤

版纳烧烤

是一首含在口里的歌谣

魂牵梦绕的旋律

在夜晚的空气里吟唱

在游子的心窝里回响

在旅人的唇齿间流转

版纳烧烤

肉鱼螺蛳丰富万千

那是一根根细细竹扦组合的线谱

那是一样样繁多食材舞动的音符

那是一块块火红木炭演奏的绝唱

浓烈的酒香早已醉了看客的眼

凌空飘逸起心旷神怡的味道

一串串烧烤

一瓶瓶啤酒

一群群朋友

一声声吆喝

还原自由浪漫天性

构成温暖不眠的夜景

江风徐徐

水浪滔滔

街灯璀璨

香味弥漫

交织成没日没夜的乐曲

生活窘迫无奈被酒泡散

身心烦累疲惫随歌释然

夜里都留下梦呓的香甜

枕着月色酣醉温暖故乡

版纳的烧烤

点燃不眠的夜

点亮寂寞的心

烧烤穿肠过

美味传天下

唇齿留香让人□□难忘

乡村的门锁

乡村的很多老屋空了
一把锁看守着空虚寂寞
一把锁凝固着思念
一把锁紧扣着乡愁

风儿会从缝隙间进来
吹不开欢笑
阳光会从窗口透进来
温暖不了火塘
月色会从斜歪的板壁进来
唤醒不了贫瘠
雨水从破瓦间淋下来
滋润不了幸福

门锁生锈了
变成了乡村生活的句号

乡村的儿女们

锁住了贫穷

锁住了落后

锁住了一段历史

挣脱了陈规陋习的束缚

蝶变成祖宗的期待

以华丽的转身

融进一个新的时代

追求着山外的精彩

村后的山林里

飞出一只离开鸟巢的雏鹰

绕树几圈

鸣叫着飞向蓝天

山　娃

山娃贫苦
没读过书
山娃爱唱山歌
歌唱得好

山娃喜欢放羊
放羊可以大声唱歌
大山是听众
飕飕的山风是前奏
哗啦啦的溪流是伴奏
阵阵的松涛是和声
鸟鸣婉转
羊群咩咩
山野开满了烂漫的小花
岩壁站满看热闹的小草

唯独没被女娃听见
女娃都离开大山了

山娃放肆地吼

为爱吼

放声地喊

为无奈

歇斯底里地发泄

蓄满胸腔的野性

山娃也想随女娃

离开大山

却害怕自己

像一块离开原地的山石

一动

就滚落

就摔得粉碎

吼完了

喊累了

山娃就躺在一块石头上

沉睡

直至

把根扎在山里

村头那棵古树

村头那棵古树

挂满了故事

纵横交错的褶皱

像爷爷手上的茧

摸来摸去的痕

留有父老乡亲的余温

村头那棵古树

藏着好多故事

裸露隆起的根

被坐得光滑

它浸透了汗水

有了人的灵性

一群一群的乡邻

按时间顺序

天天在老树下

集结

女人在树下

一边纳靴底补破衣

一边唠家长里短

挤眉弄眼地说着羡慕嫉妒恨

男人来了

一边吧嗒吧嗒地抽烟

一边编织着箩筐削着锄头把

大口地喷着酒气说些冷笑话

孩子们

却一直可以参与其间

打闹嬉戏摔跤比谁力气大

爬高上树比谁更麻利勇敢

哭声喊声笑声和着树叶哗哗声

古树

见证村里的变化

看着村里的房子变大

看着娃娃变老

看着炊烟袅袅

看着人们走远又归来

古树长在家乡
远方飘浮的云
那是古树的影子
迈出又折回的脚步
被古树的根缠着
父老乡亲的心
被古树系着

杧果熟了

青涩的嫩绿
在风的歌里泛黄

杧果换上金色的盛装
在树枝上眺望

远方的人哪
可闻到六月的芳香

期待的季节
烦躁得像夏天的脾气
怪烈日暴晒
厌这般多雨

你不采摘
果儿真的等不起

熟透的果儿

会掉了

年迈的母亲

在树下喃喃自语

傣族园的父老乡亲

题记：1999年3月8日受命到傣族园工作，长达十年之久，走村串寨，访贫问苦，与村民亲如一家，把五个古村寨群落，打造成知名旅游品牌，带领村民发展旅游业致富。转眼之间，离别多年，往事依依，情意绵长，特写下此诗，算是纪念。

不时又会接到一个电话

告诉我家里那串香蕉黄了

家里的菠萝又可以吃了

家里的杧果香了

家里的酸角甜了

家里的荔枝结得可多了

问我什么时候回来

问我住在哪里

要带水果给我

不时又会接到一个电话

问我泼水节回不回去

问我关门节回不回去

问我开门节回不回去

问我毫罗索要不要

问我糯米饭要不要

问我现在喝不喝酒

问我还记不记得他们

不时又会接到一个电话

告诉我寨子里又要赕塔了

告诉我寨子里又要赶摆了

告诉我寨子里谁家的女儿又出嫁了

告诉我寨子里谁家又生小孩了

告诉我寨子里谁又喝醉酒了

告诉我寨子里谁家又建新傣楼了

告诉我寨子里谁家孩子考上大学了

不时又会接到一个电话

是曼春满的岩香中家的老咪涛打来的

是曼乍寨子的岩光打来的

是曼听寨子的岩温朋打来的

是曼降的玉光虎打来的

是艺术团的小演员打来的
是寨子里叫不出名的人打来的

不时又会接到一个电话
电话接通
那边嘿嘿地笑着
一句好久没有见你了
一句好久没有听到你的声音了
一句你很忙吗身体好吗

那么真诚纯朴的牵挂
像亲情那样令人感动
那么无私无求的问候
像春风那样温暖柔情
那么简单平淡的语言
像水那样洁净和甘甜

我的父老乡亲
我魂牵梦萦的地方
我的父老乡亲
那里有我的青春和爱

那里有我的希望

我远在千里之外
一切都让我难以忘怀
如澜沧江水一样
流淌在我的世界
如火红的凤凰花
盛开在灿烂的岁月
如亭亭玉立的槟榔树
摇曳在我的梦中
如硕果累累的椰子树
芳香在中秋佳节

金毛兔兔

题记：半年前，因工作原因，离开了家乡，喂养多年的一只金毛兔无法随行，留下了它对主人的日夜寻找，也留下了我的愧疚与牵挂。今与女儿恬恬合作写成此诗，希略为释怀。

每一次的离开
都让你追逐很远
哼哼唧唧的哀怨
相隔千里我依然能看见
不离不弃地守护在家园

每一次的见面
你都奔跑在我的面前
摇尾轻吻的欢喜
听懂曾经教你的口令
乖巧灵性地表达出爱恋

今天

我又要离开

你似乎已明白又要分别

左右轻轻晃着尾巴

凝看车尾灯疾驰

转向再难追逐的路口

你低垂眉眼叹气

转身匍匐在隐约留有我气味的家门口

我知道你默默守候

我知道你静静等待

可是

离开你很远的原因

我难以对你说明白

寻不到我的孤独

你无法表达无奈

日出又日落，带来的是新一天的期望满怀

或许下一次醒来，我就回来

或许下一次醒来，再不离开

春去又冬来，四季更迭变化，依然痴痴等待

或许我的世界太丰富多彩

可你的世界只有我的存在

我给你如此有限的关心
你却慷慨赋予一生的爱

从此
我还不清欠你一世的债
你奔跑着迎接我的到来
围着我一圈一圈跳起来
不埋怨等待，不责怪离开
只要等到我回来
喜悦就能冲淡一夜一夜无休止的等待
你一世的爱
成了我无法还清的债

故 乡

家乡的老屋

像盘踞在内心的古树

无论离开多远

绿荫都把儿女呵护

无论离开多久

根须都深深植进血肉

秋风中翻飞的落叶

是岁月寄回的情愫

家乡的小路

是缠绕游子灵魂的心弦

耳际的乡音是呼唤的暗语

儿时的土豆是味觉的思念

脚板敲响了鼓点

乡间的小路哇

引领我不断走远

也是拉扯不断的爱恋

思乡的感觉

像喝一坛老酒

喝不够

越喝越想

喝下的是老酒

装满的是乡愁

还不了的乡情

那年
我为家乡修了一条路
想用她拴住我的乡愁
寄托我的感恩
延续那还不了的乡情
还不了的乡恩

小时候
爷爷曾经说了很多
乡邻对他的帮助
奶奶曾经说了很多
亲邻对她的真心
爸爸妈妈告诉我们
谁给过我们家关心
我也目睹了许多许多
乡邻的友善

三五个鸡蛋装满了祝福

一碗米包含着天大恩情

一把蔬菜分享了喜悦

几个鲜桃留下无限念想

几根柴火温暖了冬季

攀岩走夜路伸出来的手

牵引着幼小的心

从幼稚走向成熟

我们在浓浓的乡情里长大

回报不了

高天厚土般的乡情

那条路

引领着我们

延伸出无边无际的爱

格香河上的桥

格香河上的石拱桥

连接着河两岸的姻亲

同唱着河两岸的酒歌

是四里座范家村到老厂房

是向家村缪家村到蒋家村

是陈家村到大核桃树

往来必过的河，必走的路

祖父背着我走过

父亲牵着我走过

父老乡亲都走过

格香河上的石拱桥垮了

心中有了无名的哀伤

她承载的重负

已被山风带走

雨淋脚踩的伤痕

落入流淌不息的浪涡

日月找不到她的暗影

很多与她有关的故事
都断裂在两岸的石崖
那棵俯身挽留她的古树
叶片落了一地
河中静静的水波
失声地紧含着
惊恐的鱼

没有了桥的河
孤独地哭

从此
相思在这里驻足
往来在这里停步
祖先的故事
长在了儿孙们心里
溶化在滔滔的格香河

曾 经

曾经的习以为常
时光却把她打磨得光亮
像逝去的青春
在你的脑海里晃

曾经的不以为然
岁月却把她酿造成蜜
融成生命的元素
流淌在血液里

曾经的粗茶淡饭
离开却让我垂涎欲滴
听到胃在呼唤
才懂平淡生活也是美味

曾经的家长里短
如今是难以忘怀的片段
熟悉的乡音笑声

沐浴在生命的春天

曾经

那是根须扎入土地的声音

曾经

那是小河汇聚溪流的歌唱

曾经

那是尘粒堆积成山的过程

曾经

那是日月更替春暖花开的季节

那一方热土

那一方热土

西双版纳，我的家乡

太阳对她格外眷顾

火辣辣的热情冬天都挡不住

万物在这里尽情生长

四季都为这块土地

披上五彩缤纷的衣裳

那一方热土

孔雀在原始森林起舞

大象在三岔河嬉戏

蝴蝶在鲜花间舞蹈

百鸟在菩提树上歌唱

那一方热土

一年四季瓜果飘香

总有新鲜水果任意品尝

椰子树挺着圆圆的乳房

杧果镀上金黄的颜色

香蕉伸展出细长的腰身

火龙果红得像灯笼般耀眼

沙田柚晶莹剔透香甜味蕾

波罗蜜肥硕抱颈攀爬

地菠萝奏响丰盈饱满的乐章

那一方热土

田野在翻涌着喜悦的稻浪

橡胶树流淌着洁白的乳汁

满山遍野是宝库

万顷碧波的茶园散发阵阵清香

甘蔗林欢唱着甜蜜的生活

莽莽雨林为她披上华丽盛装

多情的澜沧江水碧波荡漾

环绕着黎明之城柔美地撒娇

那一方热土

温柔的梦乡

白天走不出对你的依恋

夜里枕着你的思念入眠

傣家剁生（组诗）

1

传说

有一个年轻的猎人

与母亲相依为命

他英勇得像山间的熊

他机智得像森林里的豹

他奔跑得如田野上的鹿

他灵敏得像树上的猴

他能百步穿杨

他能杀虎猎豹

他从不空手而归

家里挂满了野兽干巴

母亲年纪大了

牙齿掉了

吃不了肉

猎人忧心如焚

他把干巴用锤子锤碎

他把新鲜肉锤烂剁细

一剁就是半天

一锤就是一日

千剁万锤

用锤子锤成肉泥

用刀子剁成肉酱

拌上香料

母亲就能轻松食用

母亲就能共享美味

他的智慧如山间小溪

流传千年万年

他的孝顺如春风一样

传遍村村寨寨

2

剁生的过程需要细致耐心

剁生的制作需要心灵手巧

剁生是傣家人敬老孝顺的家风

剁生是傣家人待客的最高礼仪

剁生是傣家人热爱生活的见证
剁生是傣家人享受美食的表达

3

一个传说
流传得这样久远
这样地家喻户晓
这样地妇孺皆知
这样地美味可口

流传大江南北
让宾客唇齿留香
流传千古的味道
还有孝顺善良

没有了牙齿的父母
多需要剁生
羊羔跪乳
傣家千年剁生

不在心里上锁

一个老人的临终遗言

一个被病魔缠身多年的老人

一个饱经风霜处于弥留之际的老人

张开就合不拢的嘴

吐出就吸不回的气

浑浊的眼神发出黯然的光

回光返照似的对儿孙说道

我不愿意骂你们

我骂了

你们不愿意接受

接受了

我不愿意打你们

我打了

你们不愿意忍受

忍受了

我不愿意贫穷

我贫穷

我想有所作为

但我无所作为

正如我不愿意生病

我病了

我不愿意死去

但我将死去

人生啊

十之五六的事不会令人满意

十之一二的事让人不接受

不满意也好

不接受也罢

都得面对

都得接受

改变不了的事就面对吧

即使爹死了

都得接受

世上还有比爹死更大的事吗

没有哇

生命的约定

人长着长着就成了树
有了血脉的根
上连着千百年的祖先
下连着子子孙孙
每一片飘落的叶
似乎都是写给祖先的信
告知他们
仰望天空的喜悦
沐浴朝霞的幸福
满树的果子
传承千年不变的味道

人长着长着就成了石头
停止了向往和行走的脚步
很多心事开不了口
静静地、静静地思索
是在和大地紧贴依偎
让风抚摸往事带走消息

还是等待大雨倾盆洗尽污垢

或许是信守一个约定
守住祖先的希望
延续遥远的梦想

这是生命的约定

风 筝

你被线拉扯着
扭扭捏捏地升空
你随风儿飘着
摇摇摆摆地挣扎

你听信了风儿的谗言
挣脱束缚
幻想更高的天空
却瞬间跌落

依附的命运，总是那么悲惨
没有根基的高度是那么空虚
没有翅膀的飞翔是那么脆弱

一幕幕的悲喜剧
在众目睽睽之间
一天天上演
欲望破碎坠入深渊

小草和蚂蚁

尽管在别人眼里
我可能只是一根草
那么卑微
无人注目，只有践踏

而我依然自顾自地生长
那满山遍野的绿波
不就是一根根数不清的小草
共同唱出的歌

尽管在别人看来
我只是一只小蚂蚁
那么渺小
无人理会，只有鄙视

而我却沿着生命的轨迹
爬行在没有道路的沟谷
一步步丈量希望的长度

繁衍生命，快乐生活

我知道
假如大地没有了小草
那该多么荒凉
假如生命没有了蚂蚁
如何定义坚强

灵魂的家园

想趁自己活着
选择一块墓地

要头枕鲁迅的骨头架起的山
要融入屈原投身的那一条河

趁自己活着
立好生计碑
用常用的三千多个文字
垒堆成我的坟

趁自己活着
写好碑文
用文字温暖人间的寒冷
用文字编织祭奠的花环

百年之后
请把我埋在一本书里

微笑是一幅彩页

悲苦无奈是省略号

努力坚强是站立的感叹号

选择一本书作为墓地

安放灵魂

致 中 年

中年是抛物线上开始下滑的曲线
不能选择方向只能把姿态做优美些
中年是山峰顶上向下滚落的石头
不能选择停留只能磨砺成熟
中年是暮归的老牛牛角上挂着的夕阳
不能留住时光只能把脚步踩得踏实

但丁说
"在人生的中途
我在一座幽暗的森林里迷了路"

而我
在滚滚的尘世长河中
拼搏得即将耗尽精力
稍微探头喘息的时候
原在前面的先辈们
已被岁月的河带走
一起出发的伙伴

又被光阴的距离隔开

孩子们又不与我同行
我孤独得如河岸边的一块石头
惶恐极了
既找不到自己的根
也找不到行进的路
茫然无措地守着寂寞
心的眼睛大大地睁着
却什么也看不清
想站起来的瞬间
脚下无力
又瘫软在地
仿佛听到更深层的土地下
发出声音
为增加后来者的高度
就让我们化作尘埃吧
从山峰的脚下垒起
给未来一个坚实的基础

不在心里上锁

想把有的事放在心里
上一把锁
把钥匙丢进海
被鱼儿吃了
变成刺
又会鲠在人的喉咙

想把有的事遗忘在风里
让它飘散
淡忘在岁月里
不想它借风力肆虐
卷起尘沙
迷住不可含沙的眼

有的人遇到了
像两条河
清浊互渗
纯洁无法忍受污染

却也有人说

水脏好施肥

纯洁无语

有的人错过了

像是季节

春天与冬天

似乎隔很远，像一年

很近，只一天

却永远走不到一起

背靠背

却一世不能相见

但仿佛又是在彼此追寻

相遇是一种缘

不是来陪你的

就是来度你的

释然一切

不在心里上锁

大闸蟹的悲歌

题记：大闸蟹的成长，要经历18—20次蜕壳。

大闸蟹

一次次痛苦地蜕壳

想变成龟

长命百岁

经历了苦难煎熬

领略了水寒浸泡

努力追求蜕变

九曲十八弯的艰辛

却成了膏脂丰腴的美味

红了

却死了

空　地

空地

裸露的美丽

充满诱惑

让人惦记

空地

无限的想象空间

可以生长出任何奇迹

其实世界本没有空地

那里有流动的风和空气

那里有闪电和雨

那里有交替的白昼或黑夜

那里有行走的脚步

那里还生长着诗和梦想

空地

是在等待

是在希冀

是在孕育

是在成长

正如孩子

他们的未来也是空地

卖花的小女孩

卖花的小女孩
脸上带着浮夸的笑
眼神传递出蹊跷的妖娆
嗲声嗲气的音调
让人不忍拒绝的娇

是困苦煎熬早熟的无奈
还是现实利欲熏心成就的精
那样的风尘世故，那样的练达圆滑

手里的玫瑰花
戏耍着柔软的善良
带刺的玫瑰花，扎得心疼
为她还是小孩
为她不懂花的暗语

一地碎落的花瓣
凋谢在少年未来的梦里

一棵盆景树

一棵盆景树
成长在花盆里
禁锢了梦想
封锁了期望
隔离了阳光

树成了花
花成不了树

独自跑过来折枝扯叶
粉嫩的小手被划破
娇贵地呵护，万般地宠爱
母亲把厌恨砸向窗外

几年之后，小树在风雨中茁壮成长
孩子却在花盆间嬉闹

爱编织成网，让爱与恨的结果颠倒

丑石和玉石

其实

石头本无美丑贵贱

是人的审美价值观

强加给石的概念

人为了区别人的不同

创造出自己的崇拜

标记出奇异的符号

把石分为三六九等

丑石玉石宝石钻石

其实

玉是睡醒了的石头

宝石是会笑的石头

钻石是会舞蹈的石头

人们狂喜地收藏

雕琢成奢华的装饰品

挂在胸前显摆

戴在手上显耀

石醒了

人却迷醉了

宝石贮藏了大地的灵气

五光十色地闪烁着财富的魅力

钻石浸润着阳光的色彩

满足着人心虚荣的追捧

人又堕落了

成了饰品的猎物

把玩珍品的故事

演绎成相互的玩弄

被顶礼膜拜的奇珍异宝

成了欲壑难填的毒药

其实

做人要像普通石

堆积成山可顶天立地

沉浸水中可千年不烂

黄 河 说

黄河说

我以黄的颜色

表明我的性格

黄色的土地

浸染的骨骼

怎么会没有黄土地的血脉

黄河说

我心里也明白

水要明净清澈

又要洗涤尘埃

润泽世间万物

既有俯身容污纳垢的情怀

又有坚守洁身自爱的品格

有人说

有些事

跳进黄河也洗不清

黄河说

人世芸芸众生

水中鱼虾混杂

赤橙黄绿青蓝紫

太阳也有七彩色

浊者自浊，清者自清，何必洗白

回　望

你在高处眺望远方
梦想插上飞翔的翅膀

低处的人以你为方向
而你却又在哪里迷茫

停歇一下急促的脚步
人有时需要回望

昼 与 夜

太阳一转身

把我们甩给了黑夜

黑夜就像妈妈

怕我们害怕

喊我们回家

归隐在自己的世界

卸下虚假的掩饰

锁住欲望与贪婪

泡上一壶清茶

点上一支香烟

在书房里漫游

在卧房里酣睡

一室一房一小屋

已够今生享用

夜晚太短

美梦正香

上班铃声急响

月亮一眨眼

就将我们抛向尘世

太阳像爸爸

催促我们奋发

当爬上时光的岸

晨曦微露

晚霞又现

鬓角已白了

一天的日子

只是站起躺下的过程

一年的光阴

只是花开花落的更替

一生的时光

只是呼吸与不呼吸的区别

昼与夜

一个让我拥有色彩

一个让我拥有美梦

城市的夜

城市的夜
不像夜的样子
总是灯火通明
眨了眼睛
心在夜光里晃

忙碌的喇叭声
凄厉的尖叫
像是婴儿饥饿的哭喊
还是叫春的猫
在寻爱

喧嚣弥漫成旋涡
硬是将船撕裂
仿佛鲨鱼咬断骨头吞噬的声音
人在巨浪中逃亡呐喊
无助地挣扎在冰冷的海里

惨白的灯光如飘落的雪
让沉沦的人绝望

还有很多人漂浮在海上
又见许多人从岸上下来
想游向彼岸

一声狗吠
惊醒
是梦
衣服湿淋淋的
好像刚游上了岸

随你走过一秋

访西山龙门

文字穿越时空的隧道

石壁上的人影

在古树婆娑间飘逸

借酒抒怀的感慨

荡漾在滇池的碧波上

踌躇满志的坚韧

融入峭壁不朽的魂

寻觅先辈的心路历程

向微风叩问

心随浪涌，山在晃动

波光粼粼

如千万双眼睛

注视着石刻书碑

锃亮的石级刻录"前赴后继"

后土有水滋润

万物生长

高天有山顶着

深远辽阔

人间长有斯人

国泰民安

古村寨，破碎的蛋壳

在贵州黄果树旁边
有个叫普叉村的石头寨子
人们已经搬迁
遗留下空空的寨子

又见一个石头寨
被岁月掏空
蒿草尽量抻长脖子仰望
荨麻生气地
封住了进出的小路
房梁垮塌在墙上
护着屋内的安静
石墙站着不说一句话
风不耐烦地顺手甩下几片瓦
惊不起古屋的生气

偶见一个老人来过
看看他带不走的时光

想想那些堆砌在石墙里的故事

摸摸还有些温暖的火塘

他喃喃自语

鸟儿大了

天空才是它们的家

老屋如孵化出小鸡的蛋壳

打破了束缚

成就了新生

让后人

在怀念过去中继承

在继承的延续中走远

在祖先的梦想中蝶变

迁徙的海鸥

昆明避寒的海鸥
又要集体迁徙
目送它们壮观的远行

海鸥的翅膀
载着我的心
我乘着风
迎着蓝天，飞向远方

身披金色霞光
扶摇直上九万里
不要天地束缚心
自由自在任翱翔
将动人的诗行写满天

大凉山的女人

传说
女人是水做的
柔软

大凉山里的女人
却是石块做的
坚强

大山里的男人
闯世界去了
家里的老人
家里的孩子
全靠女人照顾

大凉山满是光秃秃的山峰
命运是悬崖上滚落的石块
无力选择运行的方向
大凉山的坡上长满绿茵茵的小草

不能选择生长的土壤

但却如小草般坚韧顽强

大凉山的女人

背起大凉山一样的重负

攀爬在无路的山崖

硬是用脚尖踩出点点印痕

硬是用双手拨开层层迷雾

挣扎在贫穷的底线上

燃烧着瘦弱的身躯

温暖着家里的火塘

大凉山的女人

早晨追赶星星

夜晚背起月亮

脸上总像山崖上的杜鹃

绽放出春天般的微笑

游大观楼有感

看山看水看风景

读史读今读人心

古楼盛满千秋愁

荷花探头寻故影

三楼遥望沧桑人

一湖池水映月明

胸怀人间冷暖事

诗人留下万古情

海东方赋

是天才的奇思妙想
汇天地间的磅礴大气
聚苍山洱海的壮丽
融风花雪月的灵秀

你在荒山野岭横空出世
面向洱海春暖花开
与苍山对坐谈古论今

昔日大理国的期盼
在今天的海东方梦圆
五朵金花款款走来
沐浴在洱海东岸
古城的神韵展露笑脸
终于见到
苦等千年的红颜

千挑万选的慧眼

定格在洱海东岸

浪迹的脚步

停留在幸福的港湾

让心安放在水天一色的中间

享受着人间仙境的浪漫清闲

泸沽湖的梦

带着梦

去寻找泸沽湖

被青翠碧绿的山抱着

微风飘过

摇曳着岸边的绿柳

阿哥阿哥

月亮才爬上半山坡

火塘的火还是那样的温暖

阿妹还是那样的温柔

顺着歌声

去到摩梭人家

熊熊的篝火燃起来

欢快的锅庄舞跳起来

端起酒杯

喝起阿妹的米酒

接过满满的热情

醉倒在暖暖的月夜

嗅着味

去寻找泸沽湖

神秘的爱情故事

披着黑色夜幕的走婚

我仿佛

沐浴在洁净的泸沽湖

陶醉在温柔的歌声里

沉浸在火塘的温暖中

欢醉在走婚的梦幻里

致独龙江的雪山

独龙江的雪山

被逶迤的群山举着

高高地挂在云端

像是大地献给太阳的哈达

像是蓝天给大地披上的婚纱

像是游子对故乡的牵挂

像是给情人抛起的手帕

雪山

看得到摸不着

但我依然爱你

雪山

看得到走不到

但我依然喜欢

雪山

你用冷冷的风告诉我

你用高高的绝壁阻止我
你用孤傲的不屑拒绝我

雪山对面的山上
站着的我，站着的石头
让我顿感渺小
一见钟情的表达
像那浅吻般的雾
瞬间化作云彩飘远

雪山对面的山上
站着的我，站着的古树
从葱绿变成枯黄
遥望你晶莹剔透的美
守护你一尘不染的纯洁
于是，你的泪化成溪水
滋润着挺立的根须
如果还有理由可以阻挡
如果还有原因可以逃避
爱就不够真实
爱就不会完美

望 天 树 (组诗)

题记：望天树，是龙脑香科植物，一般长至60—80米高，是热带雨林的标志性树种。

1

拔地朝天歌

独秀壮山河

日月揽怀中

万物竞朝贺

2

山涧涌清泉

滋润"伟丈夫"

莽莽雨林谷

惊世唯此树

随你走过一秋

忘却不了的西双版纳
忘却不了的总是春季

一条孔雀裙
衬托出你的曼妙
成为我膜拜的理由

一头盘花发
是裹紧的少女心事
引来蝴蝶飞旋舞步

一把五彩伞
点缀含羞的妩媚
欲遮掩晶莹剔透的眼

借故向你问路
随你走过一秋

人到中年

人到中年
从下往上看
黄土已掩埋至肚脐眼
呼吸已不那么欢畅

人过五十
从上往下看
头发如飘零的秋叶
稀疏得微有寒意

人已知天命
从这里往前看
原先同行的爷爷奶奶
已走得很远
父母却像挂在老屋的马灯
风一吹就会走远
眼一眨就会不见

人在行走

仿佛离子孙越来越远

离祖先却是越来越近

年过半百

太阳偏西

心会更急

收集美好装进行囊

就像精选饱满的种子

播种在子孙心里

老 照 片

一帧帧老照片

是一段历史

是一道风景

更是难忘的记忆

美丽凝固在那一瞬间

定格在春天鲜花盛开的季节

是年轻时光的回放

是遥望星光的遐想

是飘零在岁月的秋叶

老照片开启了记忆的门

将过去和未来串联在一起

历史缓缓地从泛黄的相片中浮起

温柔在徐徐的风里

沉淀出日记的情愫

记录着心的温度

描摹了喜笑的神色

依稀翻录出尘封的往事
像揭开一坛贮藏多年的老酒
浓烈的醇香
醉醺醺地弥漫在孤寂的雨夜
青春靓丽的倩影
提醒我们不忘初心的诺言
见证了当年的风花雪月

时不时翻翻老照片
一帧一帧的画面
回味其中的苦辣酸甜
那芬芳的一页
是那么纯洁、亲切

摆夜摊的女人

摆夜摊的女人
数清了最后几张毛票
星星催赶着行人的脚步
黑幕卷裹起背影
丢进了看不见底的深井

一阵冷战
从女人的心底抖动开来
她拿紧手中的菜刀
忙乱地剁着恐惧
想切割开贫穷失望的纠缠

昏暗的灯光下
看不清迷茫的路
孤独撕开疼痛的伤口
手上流着血
逝去的瞬间挤占了生命的空间

那个和她一起打工的男人

从井架坠落

撞击砸碎了她的肝肺心脏

郁结成铅

坠在心里

偶尔的狗吠

唤醒她与世界的联系

带好孩子

是她唯一生存下去的勇气

孩子的笑脸

如同微露的晨曦

浮现在绝望的夜

枫叶的告白

冬日

我在枫林里寻觅

一枚枫叶轻盈地向我飘来

是枫叶来告白

你知道我要来

一定知道

在我到来的瞬间

你飞落在我的肩上

似乎要我扛起

我对春天的誓言

似乎要我兑现

我对真情的坚守

我一定会来

会来看你

不是在你春意盎然的季节

不是在你被众目仰视的高处

而是在你色衰落寞的时候

而行人匆匆不解你的凄凉

我却将你捧在手里

呵护起来

我却将你放在心上

收藏起来

思念在岁月中发芽

时间把真情漂洗出来

如我的爱

不在乎你的离开与不离开

不因为你的年轻与不年轻

更不是我的需要与不需要

而在于我的心是否还在

还在

必爱

微斯人，吾谁与归

诗人
爱把自己大卸八块
血淋淋地悬挂在天地间
任雨淋、日晒、风干
张扬着自己卓尔不群的个性

从路漫漫其修远兮
到留取丹心照汗青
从先天下之忧而忧
到壮志饥餐胡虏肉
从家祭无忘告乃翁
到青山有幸埋忠骨
从安能摧眉折腰事权贵
到朱门酒肉臭，路有冻死骨
从老骥伏枥，志在千里
到鞠躬尽瘁，死而后已
从生命诚可贵，爱情价更高
到恨不抗日死，留作今日羞

从生当作人杰，死亦为鬼雄

到数风流人物，还看今朝

无不豪情万丈

我饥饿地吞噬着岁月中的风骨

嗅着历史沉积的暗香

在泥泞中

沿着智者的光亮前行

微斯人

吾谁与归

我是他活着的另一半

他走后

她的心就被掏空了

她走不出他的世界

空空的房里

弥漫着他的气息

满满的书屋

堆积着他的智慧

每个熟悉的地方

仿佛他还存在

朋友们的话语

常常提到他

听到他的名字

就像寻找到他那么高兴

静下心来

孤独笼罩着她

回忆一幕幕往事

他们的爱情

始于青春年少的时候

偶然的争吵

不仅因为对与错

还因为过于在乎

希望彼此之间没有你我之分

只是

我们

他们的爱情

像晚年时的散步

不紧不慢地相随

不近不远地相守

总在视线里晃悠

总在耳际旁回应

总在彼此需要的时候

够得着

他走了

她不觉得

别人看不见，她看得见

别人听不着，她听得着

你在地上流浪
我在天上飘荡
虽然天各一方
彼此都是一样

这是他朗诵的声音
我是他活着的另一半

刻贝叶经的老人

刻贝叶经的老人
手握一支铁笔
在成长了几十年的叶片上刻写历史
和春夏秋冬一样认真
和太阳月亮一样敬业
像澜沧江水一样执着
像古塔佛寺一样神圣
传承孔雀公主的故事
弘扬释迦牟尼的佛法

刻贝叶经的老人
用心连接古今
在历史长河中
打捞精彩片段
像望天树一般
探寻天空
把智慧刻在闪烁的星河里
让后人不再迷茫

不要等到七夕

相聚不要等到七夕
热情不要等到夜晚
因为爱不要间断
因为爱不要等待

尽管分别的时间很短
或许只是一月两月
或许只是一天两天
可还是不想离开
生命本来就短
短得只有三天
昨天、今天、明天
我不想缺失任何一天

相爱的日子不够
一日不见如隔三秋

尽管相隔的距离不远

或许只是成百上千里

或许只是几十千米

可还是惧怕离开

想你的时候

看不见你的微笑

无酒人生多寂寞

一杯酒

拉近了心的距离

惺惺相惜、推杯换盏

酒逢知己千杯少，借酒撒欢

酒香醇浓烈

成就了很多佳话

鲁酒薄而邯郸围

李白斗酒诗百篇

太祖杯酒释兵权

曹操的"何以解忧，唯有杜康"

武松打虎酒壮胆

酒醉英雄汉

传承几千年

不能喝酒

少了豪气和朋友

多了孤独和凄苦

世人皆醉我独醒

无酒人生多寂寞

空杯难释心中愁

跋山涉水又为何

我只是一朵为你芳香的花

一个我的空间

一壶茶

一包烟

一本书

一支笔

一张空白的纸

一个我的星期天

一个我的空间

一壶茶

让我在茶香里徜徉

一支烟

让我在烟雾里遗忘

一本书

让我在智慧里行走

一支笔

让我在激扬中释怀

一张空白的纸

涂满了我的自由

一个我的星期天
一个我的空间
用一个个文字
堆砌出我的风骨

就让我的诗
为我生下更多的儿女

写在三十年同学聚会之际（组诗）

1

不能忘记你

我们的母校

是你孕育了我们的梦想

是你为我们插上飞翔的翅膀

不能忘记你

我们的老师

是你让我们明白

知识就是力量

是你教我们懂得

做一个有利于社会的人

做一个有利于人民的人

不能忘记你

我的同学

我们的青春岁月

是你们伴我成长

老师呀

三十年后的今天

我是否依然交出了让您满意的答卷

老师说

坚持是一种品质

改变是一种智慧

选择是一种能力

2

聚会

是一次集体记忆的回放

每一个人都在尽力打捞

点点滴滴的美好

串联成完整的故事

找到失落在岁月中的稚嫩

翻寻珍藏在影集里的青春

唤醒已近麻木的神经

点燃心中的暗火

化成眼里滚烫的热泪

聚会

是一次渐行渐远的集结

每一个人都在朝着

自己的方向前行

迷茫在人生的驿站

停靠在风急浪涌的港湾

孤独地在桥上叹息

一声老同学的呼唤

归途已不再遥远

惦念坐上飞机

问好的语言变成笑脸

交流致意重叠成

接二连三的群体拥抱

聚会

是为再次远航加油鼓劲

老师期待的目光

同学关注的眼神

凝聚着新的力量

延续着温暖的友情

虽说人到中年

奋斗的劲头仍不减当年

我们学会了在迂回中前进

我们懂得了在逆境中坚持

成熟但不世故

平凡但不平庸

渺小但不自卑

聚会

是一次总结

也是一次远行

山里的小孩

题记：每次去农村，便会见到干农活背背篓的小孩，联想到城里衣来伸手、饭来张口的小孩，心中生发出许多感慨，时而为他们苦难的童年忧虑，时而被他们顽强坚忍的成长感动。

山里的小孩

四岁的小孩

已能背上背篓

行走在山间的小路上

上坡陡峭他就爬着、跪着

下坡路险他就扶着、坐着

走在田埂上

细小的脚趾抓出深深的印迹

连滚带爬地挣扎在贫困的山崖边

无畏地成长在贫瘠的土地上

山里的小孩

四岁的小孩

父母打工在外

从小失宠缺爱

已能跟着奶奶施肥种菜

已能跟着爷爷割草背柴

瘦弱的身躯支撑起希望

矮小的个子承载着重负

灵动的眼睛探寻着山外

嘴角的微笑像朝霞的色彩

破衣烂衫是远航扬起的帆

山里的小孩

可爱的小孩

无奈地面对雨淋日晒

自由坚强地成长

你和草一起成长

便有了草的春天

你和树一起成长

便有了树的伟岸

你和野花一样盛开

便有了烂漫的情怀

你和大山在一起

便有了大山的境界

阳光对你充满期待

未来因你精彩

山里的小孩

背背篓的小孩

我只是一朵为你芳香的花

枯枝孤独的守望

感动了春天

在她看得见的地方

萌发出了爱意

粉红的桃花开了

洁白的梨花开了

亲爱的

你看到了吗

河谷的水因思念瘦了

感动了春风

在她可能经过的地方

布满爱恋

灿烂如霞的杜鹃花开了

燃烧如火的木棉花开了

亲爱的

你看到了吗

我浓烈赤诚的痴情

感动了花神

在你心里想到的地方

都开满了花

茶花、樱花、牡丹花争奇斗艳

水仙花、郁金香、百合花纷纷绽放

亲爱的

你幸福了吗

亲爱的

你站在我面前

却把眼睛看向窗外

你告诉我说

要一个没有篱笆的花园

要一个没有时限的花期

要一年四季都鲜艳清香

要一生一世都花姿绰约

要同时展现出所有花的颜色

要同时散发出所有花的芬芳

亲爱的

你爱的辽阔我无法满足

亲爱的
我做不到哇
我只是一朵花
就让我凋零化作泥土吧
任你盛开
任你芳香

山坚持它的巍峨

风的承诺

是否可以搭载云的梦想

雨的眼泪

是否可以填满海的欲望

山的痴情

挽留不住水的汩汩流淌

花的美丽

一样不能留住逝去的时光

星的坚持

却要让暗淡的夜发出光芒

雨会一直下

不是哭泣

而是坚持

坚持到海啸暴发的那一天

山不随水走

不是移情

而是坚持

坚持成就自己的巍峨

我一直是我

不是固执

而是坚持

坚持我的天性本真

诗引领我朝心的方向飞翔

我爱诗

诗是一片肥沃和辽阔的土地

生长在田野、湖泊、山川、沙漠和大海

诗是无垠的宇宙，是蔚蓝的天空

放飞梦想承载希望点燃激情和爱

她有江河澎湃的豪迈

她有高山入云的气概

她有火山喷发的热情

她有大海呼啸的威力

她有沙漠风暴的震撼

她是预言未来的大师

她是唤醒沉睡的鼓点

她是点燃希望的火星

她是爱情炽热地燃烧

她是生存无奈的渴望

她是精神颓废时的阳光

我在诗里穿行

让我的生命翻阅出新篇章

使我的思想长出翅膀

自由地朝心的方向飞翔

诗不朽，诗人便不朽

想快乐幸福

去诗中寻找

诗高雅洁净

诗真诚自由

诗甜蜜温馨

诗壮怀激烈

想长生不老

把肉体给诗

把爱情给诗

把生命给诗

让诗引领你

诗里有了爱情

诗里有了灵魂

诗里有了共鸣

总有一首诗

要悬挂在天地间

让天下人都看得见

诗不朽了

诗人就不朽了

行走不是为了风景

太阳停在山的背后
山峦变成暗影
远看像跳动的心脏
在遥远的天边奔跑

如我不可停止的心跳
随着山峦跳跃

一路尘土飞扬
一路日晒雨淋
一路天高云淡
一路披星戴月

人走着走着
便会迷失了自己
便会身不由己
去与不去
停与不停

随风的

看雨的

听天的

行走不是为了看风景

而是把生命的圆画大

把心的欲望填满

正如青春

没有人能留住美丽

岁月会把她撕碎

皱纹里滚着眼泪

白发间闪烁星辉

生命需要心跳

证明她还会醒来

山后的太阳还会升起

让奋斗的足迹延伸生命的轨迹

把心事托付给月亮

人总在仰望

内心充满憧憬

等到中秋月圆

我原本想把心事

托付给月亮

枕着她的柔情入睡

不料天上下雨

她哭得比我伤心

反要我去抚慰

而她的笑脸

在另一个地方出现

我原本想把希望

托付给太阳

相信一觉醒来

明天一定会更美好

太阳冉冉升起

会给我无穷的能量

七彩霞光披在身上

温暖地躺在海边的沙滩上

享受时光

迷糊之间太阳西坠

想用手牵住一缕阳光

却滑落水面

想捧起水和阳光

又流淌在沙滩上

渴望被黑暗掩埋

心在夜风里冰凉

太阳已转身去了更远的地方

把心事托付给月亮

把希望托付给太阳

我不负时光

让生命在坚强中辉煌

删除直至清空

内存不够了

反应就会迟缓

内存满了

就容易死机

删除直至清空

才能重新运行

才会获得新生

人经历多了

就积累了经验

经验多了

易变得教条

教条就会固执僵化

这也需要清空

知识也会老化

需要更新

认识也有偏差

视角常遇盲区

积怨和不愉快要删除

痛苦和悲伤也要删除

忧愁和不满意要删除

仇恨和负能量要删除

脑袋里也要经常清空

种上庄稼，土地才不会长草

倒出陈谷子烂芝麻，才能装新粮

经常更换的水不会腐臭

吐故纳新才会有利健康

删除直至清空

一辆自行车

一辆自行车
遗弃在岁月的角落
飞速的车轮
搁浅在历史的沙滩

日光的颜色变成斑驳的锈迹
风的印象破碎成轮胎的裂痕
磨损的链齿如掉牙的老人
在那里喘息咳嗽
三角架傲然如骨
潇洒如解甲归隐的将军
铃声依旧清脆响亮
回荡在天空中
抒发那一串串快乐的时光

光阴如浪
推动新陈代谢
春风如潮

催动着万象更新

我们
回忆逝去的美好
怀抱今天的真实
悠然地等待日出
顺应自然
留下一串铃声
回响在曾经的路上

文字长成影子

一切

被时间撕成碎片

纤细的光线

怎么也缝合不拢

童年的玩具

想在纷乱中理出头绪

却又见脸上留下了皱纹

播撒下的汗滴

再也长不出麦苗

头发枯萎了

芦苇的飘絮

眼光被风吹散

连牙齿都在雨中摇晃

走着的路

也被时间扭曲了

方向如同水中的旋涡
挣扎在徒劳的沉浮中

人生
被时光大口地吞噬
留不下肉体骨骸
夕阳舔尽血污
扔下一块黑布盖上

后来者
凭借
你栽种在尘世的文字
长出的影子
还原你行进的轨迹
证明你曾经来过

我愿为所有的人承受苦难

你受伤了，总要在微信群里表达
如同受伤的猎物
撕开伤口
让捕食者
嗅着味来

也让亲近你的人
增添更多的忧虑
把一份伤痛
分成若干份
给最爱你的人
而你的痛并未减轻

快乐可以分享
伤痛不能
若能的话
我愿为所有的人
承受苦难

和诗歌一起散步

当今的世界
怎么这样快

八十码已经够快
一百码还要更快
一百五不算最快

高速还不满足
打通山脉隧道

列车已经够快
高铁还要更快
飞机更比高铁快

电话已经够快
微信还要更快
多人同时分享

时光已经够快
何苦还将人生缩短加快

来不及看清风景
来不及细嚼慢咽
来不及好好品尝
来不及歇歇喘口气
来不及细细思考

幸福的体验太浅
享受的过程太短

还怕生命不够短
偏偏还要往死里赶

我不想这样快
我想慢慢地抽支烟
我想慢慢地品着茶
慢慢地整理好一畦地
日出而作，日落而息
伴随四季的脚步

看着叶片慢慢舒展

听听花蕾绽放的声音

感受果实吮吸朝露

让人生和诗歌一起散步

让灵魂和诗歌一样永恒

捡拾美丽

秋收之后
我们常常到田间地头
捡拾遗落的谷穗、玉米

一路匆匆忙忙
忘记了看路边的风景
忘记了父母儿女的生日

眼睛看着天边的云
脚步追赶日出的霞光
心里惦记着纷繁复杂的事

路已经很崎岖
心已是很疲惫
何必还要背上沉重的叹息

不与山比高低
不与水比深浅

孤独遨游在自己的精神圣地

捡拾美丽
播种善意
一路感受花的芳香
聆听溪流的歌唱
让心和灵魂安静合一

让人生的过程尽享
一路美丽

那时的写信

题记：在这通信发达的互联网时代，通过电话、手机、微信、QQ便捷交流与沟通的时代，浮躁、虚伪掺杂其间，反而让我想起那时的写信……

偶然间翻阅尘封的岁月
翻出一段尘封的往事
一个被遗忘在箱柜角落的信封
牵引出串串回忆
关于写信寄信收信的画面
从记忆深处款款走来

写信是那个年代纯真的告白
一盏煤油灯昏暗的光影
突显出心的敞亮
一笔一画写下质朴的语言
表达着心的纯洁
一枚八分钱的邮票
密封着青春年少的心事

求解着情窦初开的秘密

那时的通信

是苦思冥想的真情诉说

是泉水与溪流间的心灵交融

是白纸黑字的铮铮誓言

是埋藏在岁月的种子

是春夏秋冬孕育的希望

是等待开启的喜悦

是寄出的蜜香

是托付梦想

寄托思念

企盼回音的呼唤

是等待酿造的幸福

是千里万里唯一的鸿雁

岁月堆积的爱恋

被时间熬煮得更加浓烈

千山万水的阻隔

让牵挂的丝线拉扯得心痛

刻骨铭心的爱与被爱

在往来的书信里流淌

丁零零的单车铃声
是遥远记忆中最美的琴音
邮递员草绿色的服装
是梦中最惊艳吉祥的色彩
牛皮纸的信封
是盛满幸福的纸袋
熟悉清秀的笔迹
是情人透出纸面的笑脸
偶然夹寄的青春照
是整个冬季的温暖

那时的书信
承载着山高水长的情意
分享用心酿制的甜蜜
在生命的长河中
流淌出一路的芬芳

电 话 (组诗)

1

铃声在不经意间响起
千里之外的一个电话
啜泣哽咽声
如箭直接射穿心脏
血淋淋的消息
诉说着一场天崩地裂
家就散了

2

一个好朋友走了
手机号却留着
久久不愿删掉
仿佛会听到他爽朗的笑
隐约感觉到他发回的信息
珍藏着共同的记忆

怀念走过的岁月

在生命的历程中

记住曾经使用过的暗语

让心底的呼唤互相听见

3

虽然远隔万水千山

思念的半径却能画成圆

远在天边的亲情

也被窃窃私语拉近

想念的距离

已不再遥远

一个好的消息

就像迎春的花儿

瞬间红遍

跋

生命的诗意在飞扬!

生活的厚重积淀和情感的诗意彰显,使诗人不仅珍惜当下,更怀抱诗和远方!

散发清新的墨香,凝聚睿智的辛劳,一部由生活感悟、情感体验、心路历程凝聚的诗集——《怀抱孩子劳作的母亲》,即将于戊戌年的盛夏问世。

这是范文武先生"知天命"之年奉献给读者和诗友的精美礼物,更是他关照生活的人生守望。

范文武先生于我,是生活上的兄长、文学上的好友。在近三十年的交往中,对我的生活的关照和人生的启迪颇多。生活中,我更乐意以范兄称呼他。

在西双版纳,范文武先生是知名度颇高的企业家。作诗与经商于他竟如此相通相融,商海中挥斥方遒,如诗坛上激扬文字，笔笔精彩，道道留痕！

范文武先生常说，近三十年的商海打拼，是一笔丰厚的人生财富。无论在橄榄坝果脯厂带领职工谋发展、增效益的青春岁月，还是在傣族园谋划大手笔、开创云南旅游企业与农户共享旅游红利模式的有益探索，抑或依托景洪城投大平台，领航美丽城市风向标……这些厚实的生活积淀，幻化为诗意的飞扬。

范文武先生闲暇之余常以书为伴，笔耕不辍，其诗歌和散文经常见诸报刊。近年来，他思如泉涌，成果颇丰，仅两年多时间就创作了高质量的诗歌三百余首。这本诗集中，选编了其中的一百多首。

范文武先生在谈到他的诗歌创作感悟时说："我的诗，绝不是附庸风雅/犹如蜜蜂飞舞在花丛中/辛劳采撷，不是为了享受花香/而是自然本真酿造甜蜜芬芳/让人品尝那从血液中流出的纯……"生活积淀的真情流露，关照生活的情感升华，人生社会的哲理思考，成为了他诗歌的主打风格。

诗意栖息的范文武先生，从平平淡淡的生活中采撷诗意浓浓的情。

汪涛

戊戌年盛夏于景洪